LE POT POURRY.

SECONDE BROCHURE.

CONTENANT

L'APOLOGIE

DU PHILOSOPHE MARIE',

COMEDIE NOUVELLE

Par M. NERICAULT DESTOUCHES
de l'Academie Françoise.

Le prix est de six sols.

A PARIS,

Chez {
JEAN-FRANÇOIS TABARIE,
Libraire, Quay de Conti,
près la ruë Guenegaud.
la Veuve GUILLEAUME, ruë
de Hurepoix, à l'entrée
du Pont S. Michel.

M. DCCXXVII.

AVEC PERMISSION.

LE
POT POURRY.

QUOIQUE je ne sçache pas encore si le dessein que j'ai formé de donner toutes les semaines au Public une Brochure de ma façon, a pû mériter son suffrage, j'aime mieux risquer encore celle-ci que manquer à ma parole : Voici pour m'en acquitter une Apologie de la nouvelle Comedie du PHILOSOPHE MARIE' de Monsieur Destouches, en forme de Lettre. Peut-être l'avantage de la nouveauté pourra lui tenir lieu de mérite, & dédommager ma belle Liseuse de la variété qu'elle comptoit trouver dans cette Brochure.

A ij

APOLOGIE

DU PHILOSOPHE MARIÉ,

COMEDIE NOUVELLE.

Par M. NERICAULT DESTOUCHES *de l'Academie Françoise.*

MONSIEUR,

Je reçois toûjours avec un extrême plaisir les Lettres par lesquelles vous voulez bien me faire part des nouveautez qui paroissent sur les Theatres de Paris. Le détail que j'ai trouvé dans vôtre derniere du PHILOSOPHE MARIÉ de Monsieur Destouches, m'a fait d'autant plus de plaisir, qu'il m'a confirmé dans l'idée que sa réputation m'en avoit donnée. Un concours & un empressement général, des applaudissemens & des éloges uuanimes, des paralléles injurieux aux plus belles Pieces de Messieurs Moliere & Renard, & de Monsieur Destouches lui-même ; enfin le silence des Critiques les plus déterminez, forcez par la perfection de l'Ouvrage à joindre leur admiration à celle du Public, tant de témoignages authentiques du mérite prodigieux de cette Piece, m'avoient déja inspiré pour elle des sentimens proportionnez à son succès ; mais votre extrait m'en a fait concevoir une idée bien supérieure à celle que j'avois toujours crû qu'on devoit avoir des meilleurs Ouvrages dramatiques ; j'ai deferé sans peine à ceux qui la vouloient faire passer pour une huitiéme Merveille, & je vous avoüe avec sincérité, que les Réflexions critiques par lesquelles vous avez fini votre Lettre, & que vous m'avez sans doute envoyées pour m'éprouver, n'ont pas été capables de me faire balancer un moment sur le parti que j'avois à prendre, quoique je sois persuadé que votre façon de penser soit bien différente de celle que vous me marquez dans l'endroit de votre Lettre où vous vous égayez sur les défauts prétendus de la nouvelle Comedie. Permettez-moi de vous reprocher d'avoir employé cette ruse pour décider de la justesse de mon esprit, & souffrez que je me venge de vous, en répondant à vos Critiques, non pour vous faire revenir d'une erreur où je sçai que vous n'êtes pas, mais pour vous empêcher de croire

que j'aye pû donner dans un piége si fa-
cile à éviter.

Commencez donc, s'il vous plaît, par
convenir avec moi que les termes dont
vous vous servez sont trop injurieux à ce
nouveau Chef-d'œuvre, pour ne pas faire
d'abord entrevoir le but que vous avez
en le critiquant. Quand même je connoî-
trois moins votre bon goût, pourrois-je
vous soupçonner d'avoir eu sérieusement
dessein d'engager quelqu'un dans des sentimens si bizares ?

Cette Piece si vantée, dites-vous, *n'est
qu'une intrigue mal concertée, une esquisse
grossiere d'un tableau vicieux, une copie in-
forme de ces excellens modéles sur la ruine
desquels on ose l'élever.* Sont-ce-là les termes dont il convient de se servir ? Auriez-
vous pû penser que les Partisans de cette
Piece eussent entrepris de l'élever sur la
ruine des excellens Modéles que Monsieur Destouches a suivis ? Ses véritables
Amis n'auroient-ils pas eu plus d'indul-
gence pour des Chefs-d'œuvres ausquels
ce célébre Auteur a rendu plus de justice,
puisque le soin qu'il a pris de s'imiter lui-
même, prouve assez qu'il les confond
avec les siens, & qu'il ne dédaigne pas
de se mettre au niveau de leurs Auteurs ?

En effet, s'il est redevable au Misan-

trope de Moliere des admirables Caractères qu'il a rendus avec tant d'art dans
sa nouvelle Comedie, ses propres Ouvrages lui ont fourni celui de son Finan-
cier, qui n'est pas afsûrément le moins
marqué , & qui doit lui faire d'autant
plus d'honneur, qu'il est plus ressemblant
à son Modéle, que ceux que le Misantrope lui a fournis. Il est aisé de donner
la raison de la supériorité de ce Caractère.
Pour le mettre dans tout son jour , Monsieur Destouches n'a pas eu besoin de
rien changer à son Modéle ; il lui auroit
fallu bien du malheur pour faire une Copie vicieuse d'un excellent Original ; mais
pour donner aux Portraits de Moliere un
jour qui les pût faire valoir , il falloit les
faire changer entiérement de face, re-
toucher à tout , & ne rien conserver qui
pût faire grimacer les Figures, & leur
faire perdre de leur prix.

C'est ce que Monsieur Destouches a
merveilleusement exécuté dans son Ouvrage , non qu'il se soit senti incapable
d'inventer par lui-même des Caractères
neufs & frappez, mais pour faire mieux
sentir au Public le prix de ses Chefs-d'œuvres , par le contraste des esquisses de
Moliere. En effet, quelle différence entre
un Misantrope sans mœurs , & un vrai

Philosophe, dont la sagesse qui lui sert de guide, n'est point enflée d'un sot orgüeil, point arrêtée par de vains discours, point incertaine dans ses démarches, point ébranlée par l'adversité, point avilie par les bas détails, point sujette au caprice & à la colere, point injuste dans ses soupçons, point effrayée d'un leger malheur ?

Car voilà le Philosophe de Monsieur Destouches : rien ne se dément en lui, toutes ses actions confirment dans la bonne opinion qu'il donne de sa douceur, de son activité, de sa constance, de sa grandeur d'ame, de son égalité, de sa justesse d'esprit, & sur tout de sa fermeté.

S'il méprise le Sexe, & s'il déclame contre le Mariage, ce n'est point faute de délicatesse, ou par une vanité injuste ; c'est parce qu'il a de grands sujets de s'en plaindre, dont il a soin de nous rendre un compte fort exact.

Si l'Hymen l'engage ensuite dans ses nœuds, ce n'est point du tout par caprice, & sans des réflexions solides ; & de sages précautions. Un Pere qu'il aime, qu'il respecte, & dont la bonté, la tendresse & la reconnoissance lui sont acquises, n'est point Partie capable d'entrer dans

un secret de cette importance ; un dépôt
si précieux ne doit être confié qu'à des
Personnes sûres , & d'un Sexe dont il
prise sur tout la discrétion.

S'il se passe aisément du consentement
de son Pere , ce n'est pas qu'il ignore le
respect qui lui est dû ; mais il lui fait du
bien , il soulage sa misere ; n'est-ce pas
faire beaucoup plus qu'il ne doit ? & ses
présens ne l'acquittent-ils pas entiérement
envers lui ? Quel besoin du consentement
paternel pour un Mariage avantageux
qui procure au Fils une fortune seule capable de rendre la vieillesse du Pere heu-
reuse ?

Mais quand la Fille ne seroit pas riche ,
elle est jolie ; n'en voilà-t'il pas plus qu'il
ne faut pour ne pas consulter ? L'Amour
l'ordonne ; cela n'est-il pas décisif ?

D'ailleurs est-il question d'autre chose
que de l'intention ? Ne sçait-on pas que
le Pere est un Esprit bien fait qui ne s'op-
posera à rien , & qui pensera sur cette
affaire aussi solidement qu'Ariste lui-même ? Quel besoin d'une formalité ridi-
cule ? Après tout , quand ce Pere seroit
assez aveugle pour ne pas prêter les mains
à un Mariage qui lui est à lui-même si
avantageux, que pourroit-il faire ? Dés-
hériter son Fils ? A-t'on cela à craindre ?

Attend-on quelque chose de lui ? Il feroit beau voir un Pere sans bien, trouver à redire aux actions d'un Fils si sage.

Si Ariste veut tenir son Mariage caché, & craint plus que la mort que ce secret soit découvert, ce n'est point par une terreur panique, ou par un faux point d'honneur ; quoiqu'on en dise, il a de bons motifs qu'il n'est pas nécessaire que nous sçachions ; la crainte d'être déshérité de son Oncle sert seulement de prétexte à sa véritable crainte ; croyez que ce n'est point l'avarice qui le guide, encore moins un foible indigne d'un Philosophe qui sçait si bien se mettre au-dessus des foiblesses dont les autres hommes sont esclaves.

Mais je veux bien mettre les choses au pis ; quand même la malignité du Siecle, & la crainte des railleries seroient en effet la cause de ses inquiétudes, comme vous le lui reprochez, en seroient-elles moins bien fondées ? Voulez-vous qu'il aille faire dire dans le monde qu'il est le Mari d'une Femme de mérite, qu'il s'expose à une honte pareille à celle-là, pour procurer à Madame la satisfaction de n'être point sans cesse obsédée par un Amant dangereux, qui livre tous les jours de rudes combats à sa vertu ? Voilà un

beau motif pour déranger un systême
aussi sage que celui de notre Philosophe ;
Monsieur Destouches auroit eu bonne
grace à lui faire démentir ainsi son Caractère ; ç'eût été pour lors que sa Belle-
sœur auroit eu raison de le traiter de sot.
Aller révéler un secret dont on craint
l'éclat plus que la mort même, *avancer
son heure* par complaisance, & par complaisance pour une Femme ; ç'eût été une
jolie matiere de satire contre un Homme
qui a toujours aspiré avec tant de succès à
n'avoir point lieu de la craindre.

Mais, me dites-vous, *comment excuser
ces impatiences, ces fureurs, ces délires,
ces brusqueries, & ces injures grossieres
qu'il ose dire à ses Amis, à sa Femme même,
& à un Sexe respectable ?* Il faut en vérité,
Monsieur, que l'envie de m'éprouver
vous ait emporté bien loin de vous-
même, pour vous avoir fait donner de
pareils noms à la noble vivacité, & à la
sincérité même ; quoi que vous en disiez,
je ne soupçonne point que vous ayez pû
vous y méprendre ; Ariste n'est point un
bouru, c'est un Homme aisé, sans façon,
dont les manieres nous rappellent les
Mœurs du Siecle d'Or, & qui n'a jamais
employé le langage odieux que la dissi-
mulation a fait passer parmi nous pour le

langage poli ; tout ce qui approche de ce vice fait horreur à notre Sage , & les difcours qu'il tient depuis le commencement de la Piece jufqu'à la fin, en font une preuve bien convaincante. Un Philofophe qui ne veut parler que par fes actions , n'eft pas afsûrément capable d'en vouloir impofer par fes paroles. Que les hommes feroient eftimables, s'ils profitoient du bel exemple d'Arifte , pour ne faire jamais rien dont ils ne vouluffent bien que tout le monde fût inftruit !

Si je croyois votre Critique ferieufe, j'aurois encore beaucoup de chofes à vous dire pour la juftification de cet admirable Caractère , je vous ferois voir avec quel art Monfieur Deftouches non content de le peindre avec les plus vives couleurs dans le cours de la Piece, amene infenfiblement par une tranfition heureufe , un Portrait du vrai Philofophe, dont chaque trait rend celui qui fe peint lui même, & fait remarquer la perfection de l'Original par la jufteffe de la Copie; je vous ferois convenir de la noble modeftie avec laquelle Arifte convient qu'il n'eft pas reffemblant au Portrait qu'il vient de faire, malgré là juftice que tous les gens fenfez lui rendent à cet égard : Enfin je réndrois aisément à ce Chef-

d'œuvre

d'œuvre tout le luſtre que vous auriez
voulu lui ôter; mais la juſteſſe de votre
eſprit me diſpenſe d'en dire davantage,
& ceci ſuffira pour vous faire connoître
que je n'ai eu garde d'être la dupe du tour
que vous m'avez voulu joüer.

Ce que vous me mandez au ſujet des
autres Perſonnages, n'a pas un meilleur
fondement; vous accuſez en vain Melite
*de n'avoir point de Caractère fixe, d'être
tantôt folle, tantôt ſage, quelquefois com-
plaiſante pour ſon Epoux, quelquefois peu
ſoigneuſe de lui plaire, orgüeilleuſe, abſo-
luë, emportée, & auſſi commère que ſa
Sœur;* vous voulez en vain prouver que
la Capricieuſe *ſort du naturel & des bien-
ſéances;* que Damon *eſt plus fou qu'elle,
puiſqu'il peut ſe réſoudre à l'épouſer;* que
le Marquis du Lauret *qu'on ne ſçauroit
définir, mérite encore mieux le nom de Sage
que celui même qu'on nous donne pour tel;
& qu'enfin le Pere d'Ariſte eſt un Bon-
homme dont l'honneur n'éclate que par les
inſultes qu'il fait à ſon Frere;* tous ces re-
proches n'ont pas le moindre fondement,
& tombent d'eux mêmes: ainſi je n'en-
treprendrai pas de les détruire. Une autre
fois quand vous voudrez me faire tomber
dans le piége, ayez ſoin de le mieux ca-
cher; ſinon vous pourriez bien vous atti-

B

ret encore des réponses aussi ennuyeuses
que celles-ci ; car je ne doute point que
la longueur de cette Lettre ne vous ait
déja mis de mauvaise humeur. Il n'est pas
étonnant qu'on ennuye en prouvant des
choses plus claires que le jour, telles que
les véritez que j'avance en faveur de la
nouvelle Comedie ; une mauvaise Cause
bien soutenuë auroit pû me faire briller
davantage, mais elle auroit fait moins
d'honneur à mon jugement. Ainsi par-
donnez-moi votre ennui, & ne vous en
prenez qu'à vous-même. Je suis très-
serieusement,

MONSIEUR,

> Votre très-humble & très obéïssant
> Serviteur * * *.

Voilà, belle Liseuse, tout ce que j'ai à
vous donner pour cette fois ; cela me pa-
roît bien raisonnable, & vous devez vous
en contenter ; sinon vous pouvez m'adres-
ser hardiment vos plaintes chez mon Libraire, j'espére que vous ne vous plain-
drez pas du moins de ma docilité.

Fin de ce POT POURRY, mais non pas du désir
De me procurer le plaisir

De vous en dire davantage ,

Quand on a le bonheur de vous entretenir ,

En travaillant à quelqu'Ouvrage ,

On voudroit ne jamais finir.

TABLE DES MATIERES

Contenuës en cette seconde Brochure.

Fin de la Table des Matieres.

www.ingramcontent.com/pod-product-compliance
Lightning Source LLC
LaVergne TN
LVHW010106060726
842524LV00006B/2346